Les Cantiques de la

PAIX, PAR CLEMENT MA-
rot. Enſemble le Cantique de la Royne ſur la
maladie & conualeſcence du Roy, Par ledict
Marot.

Auec priuilege.

On les vend à Paris, ſur le pót ſainct Michel,
à l'enſeigne de la roſé blanche, par Eſtienne
Roffet, relieur du Roy.

A monſieur le Pre-

uoſt de P A R I S, ou ſon Lieutenant Ciuil.

Vpplye hum-
blement Eſtienne Roſſet, dict le
Faulcheur, Relieur du Roy, &
Libraire en ceſte ville de Paris,
qu'il vous plaiſe luy permettre Imprimer troys
epiſtres, auec la conualeſcence du Roy, com-
poſées par Clement Marot, valet de chambre
du Roy, & luy donner priuilege pour vng an.

Soit faict ainſi quil
eſt requis, & defenſes à tous aultres, ſur peine
de cõfiſcatiõ des liures, & amende arbitraire.
Faict le.xiii.iour de Ianuier.Mil.v.c.xxxix.

I. I. de Meſmes.

C

La Chrestiente à

CHARLES EMPEREVR,

ET A FRANCOYS ROY DE FRANCE.

S.

Pproche toy Charles (tãt loïg tu fois).
Du magnanime & puiffant roy Fran-
coys,
Approche toy Francoys (tant loing foys tu)
De Charles plein de prudence & vertu:
Non pour tous deux en bataille vous ioindre,
Ne par fureur de voz lances vous poindre,
Mais pour tirer Paix la tant defirée
Du ciel treshault, la ou feft retirée.

Si Mars cruel vous en feiftes defcendre,
Ne pouez vous le faire condefcendre
A fen aller ? pour ca bas donner lieu
A Paix la belle, humble fille de dieu?
Certainement fi vous deux ne le faictes,
Du monde font vaines les entrefaictes.
Recepuez la, princes cheualereux,

Pour faire nous(voyre vous)bienheureulx,
Ce vous fera trop plus d’honneur & gloire,
Qu’auoir chafcun quelque groffe victoire,
Recepuez la,car fi vous la fuyez
Elle dira que ferez ennuyez
De voz repos,& que portez enuie
A la doulceur de voftre heureufe vie.
    Si pitié donc (ô princes triumphans)
Vous ne prenez des peuples voz enfans,
(Dont reciter l’eftat calamiteux
Seroit vng cas trop long & trop piteux)
Si d’eulx n’auez commiferation,
A tout le moins ayez compaffion
Du noble fang & de France & d’Efpaigne,
Dedans lequel ce cruel Mars fe baigne.
    Mars cy deuant fouloit taindre fes dars
Dedans le fang de voz fimples foudars,
Mais maintenant (ô Dieu quel dur efclandre)
Plaifir ne prend fors à celluy efpandre
Des nobles Chefz,meritans diadefmes,
Et fi refpand fouuent le voftre mefmes
Faifant feruir les haulx princes,de butte

Au vil fouldart tyrant de hacquebutte,
Si que de Mars ne font plus les Trophées
Fors enrichiz d'armes bien eftoffées,
Plus ilz ne font garniz & decorez
Que de harnoys bien poliz & dorez,
Qui difent bien, la defpouille nous fommes
De gráds Seigneurs, & de vertueulx hommes.
　O quantz & quelz de voz plus fauoris
Sont puis dix ans en la guerre peris,
O quantz encor en verrez defuyer,
Si à ce coup Paix n'y vient obuyer!
Que penfez vous? cherchez vous les moyens
De voz malheurs, nobles Princes Troyens?
Ia pour tenir ou voz droictz, ou voz tortz,
Sont ruez ius voz plus vaillans Hectors
Gardez qu'en fin ie qui fuis voftre Troye
Du puiffant Grec ne deuienne la proye.
　Eftimez vous que ce grand Eternel
Ne voye bien du manoir fupernel
Les grandz debatz d'une & d'aultre partye?
Ne fcauez vous qu'ung bon peré chaftie
Plus toft les fiens, que les defauouez?

A iii

Si maintenant faictes ce que pouez,
Paix defcendra, portant en main l'oliue,
Laurier en tefte, en face couleur viue,
Touſiours riant, claire comme le iour,
Pour venir faire en mes terres ſeiour.

   Et Mars ſouillé tout de ſang & de pouldre,
Deſlogera plus ſoubdain que la fouldre:
Car il n'eft cueur (tant ſoit gros) qui ne tréble,
Si voz vouloirs ſentent vniz enſemble.

   Vienne ſur champs Mars auec ſon armée
Vous preſenter la bataille termée,
Il la perdra: Ainſi doncques vnyz,
Et de pitié paternelle muniz,
Vous eſlirez quelque bien heuré lieu,
La ou viendra de vous deux au milieu
Pallas ſans plus, Pallas (à ſa venüe)
Vous couurira d'une celeſte nue,
Pour empeſcher que les malings trompeurs
D'heureuſe Paix trop malheureulx rompeurs
Ne puiſſent veoir les moyens que tiendrez
Alors qu'au poinct tant deſiré viendrez,
   Si qu'ilz feront tout acoup esbahys

Que sur le soir l'ung & l'aultre pays
Reluyra tout de beaulx feuz de lyesse,
Pour le retour de Paix noble déesse,
Et que rendray (sans que Mars m'en retarde)
Graces au ciel, O mon Dieu qu'il me tarde!
Approche toy Charles(tant loing tu soys)
Du magnanime & puissant Roy Francoys,
Approche toy Francoys (tant loing soys tu)
De Charles plein de prudence & vertu.

Clement Marot à la

ROYNE DE HONGRIE, VENVE EN France. S.

Qvand toute France aura faict son deuoir
De ta haultesse en ioye receuoir,
   (Chaste Diane ennemye d'Oyseuse
Et d'honorable exercice amoureuse)
Ie (de ma part) le plus petit de tous
M'enhardyray humble salut & doulx
Te presenter, non en voix & parolle,
Qui parmy l'air auec le vent s'enuolle:
Mais par escript, qui contre le temps dure,
Autant ou plus que fer ou pierre dure.
Ie dy escript faict des muses sacrées,
Qui scauent bien qu'a lire te recrées.
Escript (pour vray) que s'il n'est immortel,
Le tien Marot le desire estre tel,
Pour saluer par epistre immortelle
Celle de qui la renommée est telle.

O combien fut le peuple refiouy
D'efpaigne & France, apres auoir ouy,
Qu'icy venoys, cela nous eft vng figne
(Ce difoient ilz) que l'amour f'enracine
Es cueurs Royaulx, cela eft vng prefaige,
Que dieu nous veult môftrer fô doulx vifaige,
Et que la paix dedans Nice traictée,
Eft vne paix pour iamais arreftée.
L'arc qui eft painct de cêt couleurs aux cieulx,
Quand on le voit, ne demonftre pas mieulx,
Signe de pluye en temps fec attendue,
Ne la verdure au printemps efpandue,
Parmy les champs, fi bien ne monftre point
Que les beaulx fruictz viédrôt toft & appoint,
Comme ta veue en France fignifie
Que pour iamais la paix fe fortifie,
Arriere donc, Royne Penthafilée,
Maintenant eft ta gloire adnichilée:
Car deuant Troye allas pour guerroyer,
Marie vient pour guerre fouldroyer.
   Ainfi difoit France & Efpaigne auffi,
Des que l'on fceut que de venir icy

B

Tu proposas, & creut leur ioye, apres
Que pour partir ilz virent tes apreſtz,
Puis quand tu fuz esbranlée & partie,
Leur plaiſir creut d'une grande partie,
Et te voyant toute venue en ca,
A redoubler leur ioye commenca.
Laquelle ioye en eulx n'ay apperceue
Tant ſeulement, mais ſentie & conceue
Dedans mon cueur, teſmoing l'eſcript preſent
Plein de lyeſſe, & de triſteſſe exempt,
    T'aduertiſſant que quand paix ne ſeroit,
Ia pour cela France ne laiſſeroit
A deſirer ta venue honorée,
Pour les vertuz dont tu es decorée,
Combien (pourtát) que peuples & prouinçes
Sont de nature enclins à aymer princes,
Qui comme toy ſont amys de concorde,
Et ennemys de guerre & de diſcorde,
Ce qui plus toſt entre aux cueurs femenins
(D'autát qu'ilz ſont doulx piteulx & begnins)
Que ceulx des roys, qui pour hóneur acquerre
Sont inclinez à proueſſe & à guerre.

Doncques Saba Royne prudente & meure,
Qui as laissé ton peuple & ta demeure,
Pour venir veoir en riche & noble arroy,
Le Salomon de France, nostre roy,
Ie te supply par la grande lyesse,
Du bien de paix, si i'ay prins hardiesse,
De bienueigner vne dame si haulte,
Ne l'estimer presumption ne faulte,
En imitant le grand prince des anges,
Lequel recoit aussi tost les louanges
Du plus petit que du plus hault monté,
Quand le cueur est plein d'ardente bonté.

B ii

Clement Marot sur

LA VENVE DE L'EMPE-
revr, en france.

OR est Cæsar qui tant d'honneur acquit
Encor vng coup en ce beau monde né,
Or est Cæsar qui les Gaules conquit,
Encor vng coup en Gaule retourné.
De legions non point enuironné,
Pour guerroyer : mais plein d'amour nayue
Non point au vent L'aigle noir couronné,
Non point en main le glaiue, mais L'oliue,
Francoys & luy viennent droict de la riue
Du Loyre, à Seine, affin de Paris veoir,
Et auec eulx Guerre meinent captiue,
Qui à discord les souloit esmouuoir,
L'un (pour au faict de ses pays pouruoir)
Passe par cy, sans peur ne deffiance,
L'aultre de cueur trop hault pour deceuoir,
Luy donne loy de commander en France,

Si que l'on est en dispute & doubtance
Qui a le plus de hault lotz merité,
Ou de Cæsar la grande confiance,
Ou de Francoys la grand fidelité.
     O Roys vnis, plus que d'affinité,
Bien heureuse est la gēt qui n'est point morte,
Sans veoir premier vostre ferme vnité,
Qui le repos de tant de monde porte.
     Vien donc, Cæsar, & vne paix apporte
Perpetuelle, entre nous, & les tiens,
Haulse (Paris) haulse bien hault ta porte:
Car entrer veult le plus grād des Chrestiens.

B iij

Le canticque de la

ROYNE SVR LA MALADIE
ET CONVALESCENCE DV
ROY, PAR MAROT.

S'Esbahit on si ie suis esplorée?
S'esbahit on si suis descolorée,
Voyant celluy qui ma tant honnorée,
Estre à la mort?

O seigneur Dieu tire son pied du bort
D'obscure tumbe, ou bien (pour mon support)
Auecques luy faiz moy passer le port
Du mortel fleuue.

Donne à tous deux en vng iour tũbe neuue,
A celle fin qu'en deux mortz ne s'esmeuue,
Qu'ung dueil funebre, & que Fráce n'espreuue
Dueil apres dueil.

Ne soit (helas) ce myen l'armoyant oeil,
Si malheureux, que de veoir au sercueil
Iecter celluy qui en si doulx accueil
M'a couronnée.

Qui m'a sur chief la couronne donnée,
La plus d'honneur & gloire enuironnée,
Dont au iourdhuy L'europe soit ornée
O tout puissant,

Si pitié n'as de mon cueur languissant,
Si pitié n'as du bon Roy perissant,
Ayes pitié du peuple gemissant
Par ta clemence.

Laisse meurir la royalle semence,
Sans que voyant l'extreme decadence,
Du pere, estant au sommet de prudence
Pour dominer.

As tu basty pour apres ruyner?
As tu voulu planter & iardiner
Pour ton labeur parfaict exterminer?
O quelle perte.

Si elle aduient, soit la terre couuerte
D'air tenebreux, plus ne soit l'herbe verte,
Soit toute bouche, ou muette, ou ouuerte
Pour faire crys.

Soient de regretz tous volumes escriptz,
Tragicques soient tous escriuans espritz,

Et rien ne soit celle qui a le pris
D'estre nommée.
　　Femme d'ung Roy de si grand renommée,
Rien plus ne soit, que pouldre consumée,
Pouldre auec luy(touteffois) inhumée,
Ce bien i'auray.
　　Ainsi tousiours sa compaigne seray,
A son costé sans fin reposeray,
Et de langueur m'experimenteray,
La longue peine.
Mais pourquoy suis ie ainsi de douleur pleine?
Est esperance en moy ou morte,ou vaine?
Le tout puissant par sa bonté humaine,
Le guerira.
　　Noz cueurs bien tost de lyesse emplira,
Car Monseigneur encor ne perira,
Ains par longs iours son peuple regira,
C'est ma fiance.
　　Croistra ses faictz, pays, & aliance,
Puis ayant tout fondé sur asseurance,
Ira plein d'ans prendre sa demeurance
La hault es cieulx.

Qu'eſt ce mes gens? pourquoy torchez voz
    yeulx?
Quel nouueau pleur, quel maintien ſoucieulx
Faiѐt on encor? vien mon Dieu gracieulx,
Haſte toy ſire.

    I'entends que mort mon amy veult occire,
Sa force ſond ainſi qu'au feu la cire,
Dont tout bõ cueur barbe & cheueulx deſſire,
Faiſant regretz.

    Semblent Troyés de nuiѐt ſurpris des Grecz,
Semblent Romains voyans (oultre leurs grez)
Cæſar occis par traiſtres indiſcretz
Ha Dieu mon pere.

    S'il eſt ainſi qu'a ta loy i'obtempere,
De monſeigneur les angoiſſes tempere,
En me faiſant ainſi qu'en toy i'eſpere
A ceſte fois.

    Or a mon dieu d'enhault ouy ma voix
Et mys à fin l'eſpoir qu'en luy i'auois,
Sus, ſuyuez moy, au temple ie m'en voys
Luy rendre graces.
    Oſtez ce noir, oſtez moy ces prefaces

C

Chantans des mortz, oftez cés triftes facés,
Il n'eft pas temps que ce grand dueil tu facés,
Pays heureux.

Le ciel n'a pas efté fi rigoreux
De f'enrichir pour poure & langoreux,
Te veoir ça bas, Ton trefor valeureux
Il te redonne.

Vy doncques Fráce encor foubz la couróné,
Qui le chef meur & prudent enuironne,
Tandis la fleur de ieuneffe fleuronne,
Pour faire fruict.

Soit l'Ocean calme, fans vent, fans bruyt,
Sechée aux champs foit toute herbe qui nuyt,
Comme le iour foit luyfante la nuyt,
Tout dueil fe taife.

Ne pleurons plus, fi ce n'eft de grand ayfe,
Puis qu'enuers nous l'ire de Dieu f'appaife,
Tant nous aymant, que de mortel mefaife
Tyrer le Roy.

Efcriuez tous (Poetes) ceft effroy,
Et le hault bien dont Dieu nous faict octroy,
Vous n'y fauldrez, & ainfi ie le croy,

Hâ poures Mufes:
    S'il fuft pery, vous eftiez bien camufes,
Doncques(Enfans) defcriuez les confufes,
Voyans celluy ou elles font infufes
Efuanouyr.
    Puis toft apres faictes les refiouyr.
Quand on leur faict les nouuelles ouyr,
De la fanté dont Dieu le faict iouyr,
Tant defirée.
    Faictes Pallas palle, & fort deffirée,
Mars tout marry, fa perfonne empirée,
En appellant D'atropos trop irée
Comme d'abbus.
    Puis tout à coup, chantez comment Phebus
Luy mefmes va par les preaux herbus
Herbes cueillir, fleurs, & boutons barbus,
Fueille, & racine,
    Pour faire au Roy l'heureufe medecine,
Prife deffoubz tant beniuolle Signe,
Que nous verrós fon chief blãc cõe vng Cigne
À l'aduenir.
    Cela chanté, vous fauldra fouuenir,
                              C ii

De faire Mars tout ioyeux deuenir,
Et à Pallas la couleur reuenir,
Non plus marrye.

Faictes que tout pleure fort, & puis rie,
Ainsi que moy vostre Dame cherie,
Certes souuent de grande fascherie
Grand plaisir vient.

Ainsi ferez, & mieulx, s'il en souuient,
Mais à la fin de vostre œuure accomplie,
Auecques moy conclurre vous conuient,
Que iamais Dieu ceulx qui l'ayment n'oublie.

FINIS.